KB122722

구름 고운 날에는

구름 고운 날에는

발행일	2022년 9월 16일

지은이	김우현		
펴낸이	손형국		
펴낸곳	(주)북랩		
편집인	선일영	편집	정두철, 배진용, 김현아, 장하영, 류휘석
디자인	이현수, 김민하, 김영주, 안유경	제작	박기성, 황동현, 구성우, 권태련
마케팅	김회란, 박진관		
출판등록	2004. 12. 1(제2012-000051호)		
주소	서울특별시 금천구 가산디지털 1로 168, 우림라이온스밸리 B동 B113~114호, C동 B101호		
홈페이지	www.book.co.kr		
전화번호	(02)2026-5777	팩스	(02)2026-5747

ISBN	979-11-6836-495-0 03810 (종이책)		979-11-6836-496-7 05810 (전자책)

잘못된 책은 구입한 곳에서 교환해드립니다.
이 책은 저작권법에 따라 보호받는 저작물이므로 무단 전재와 복제를 금합니다.

(주)북랩 성공출판의 파트너

북랩 홈페이지와 패밀리 사이트에서 다양한 출판 솔루션을 만나 보세요!

홈페이지 book.co.kr • **블로그** blog.naver.com/essaybook • **출판문의** book@book.co.kr

작가 연락처 문의 ▸ ask.book.co.kr

작가 연락처는 개인정보이므로 북랩에서 알려드릴 수 없습니다.

구름 고운 날에는

詩月 김우현 시집

북랩

작가의 말

지금 세상은 어떤 세상일까요? 되도록이면 희망과 아름다움을 읊고 싶지만, 각자도생, 혼돈의 시대와 같은 그림자도 함께 아른거립니다. 의식, 무의식의 바탕에는 현실이 전적으로 배제되기 어렵더라도, 감당하기 어려운 거대 담론적인 주제를 다루기보다는 저절로 흘러나오는 대로 시를 받아 적고자 했습니다.

차례

2부
파도는 _____

3부
버릴 게 하나도 없는_____

4부
달의 마음 _____

1부
구름 고운 날에는

구름 고운 날에는

구름 고운 날에는
우리 아름답기로 해요
빛나는 아름다움 아니라도
구름처럼만 아름답기로 해요

구름 고운 날에는
우리 행복하기로 해요
화려한 행복은 아니라도
구름처럼만 행복하기로 해요

구름 고운 날에는
우리 사랑하기로 해요
사랑이라 말하지 않아도
구름처럼만 사랑하기로 해요

구름 고운 날에는
우리 욕심 없기로 해요
욕심 없단 생각은 안 해도
구름처럼만 욕심 없기로 해요

구름 고운 날에는
우리 그려가기로 해요
뭘 그릴진 알 수 없어도
구름처럼만 그려가기로 해요

가을은 안개에 젖어

안개 자욱한 시월의 아침,
어딜 지나
어디로 가는지 하염없다

저절로 눈뜨는 하루의 초입,
일상 세포 기억된 대로

지나온 기인 다릴 접으며
어두운 터널 더듬으며
이리도 쉽게 길은 굴러가는가

강에 피어오르는 물안개 따라
허공으로 흩어지는 세월이여

산봉우리 휘감는 구름안개 속에
골짜기로 깊어지는 먹먹함이여

계절의 물레방아 타고 오는 가을과
시간의 강물에 떠내려가는 우리는
여기 시월에 만나 함께 단풍 드나니

가을은 안개에 젖어
열매로 익어 가는데
사람은 무엇으로 익어 가는가

행복 따라

노을 저물 무렵
서녘 날아가는 물새는
산 넘어가는 석양 따라가는지

노을 잠이 든 뒤
동녘 날아가는 물새는
강물 흘러온 발원發源 따라가는지

해가 뜨나 지나
곧은 길 걸어온 당신은
세월 지나온 섭리 따라가는지

하늘 흐리고 맑고
꽃핀 길 거니는 당신은
향기 흐르는 행복 따라가는지

가을을 담다

바다는 하늘을 담는다

오늘 나의 마음은
가을 구름을 담고
가을 바람을 담고
가을 풀잎을 담고
가을 햇빛을 담고
가을 하늘을 담고
가을의 혼을 담는다

세상이 나를 속일지라도
오늘만은 오늘만큼은
가을로 족하다

가슴 가득
가을 흠뻑 담은
나는 가을 바다

아니 나는
그냥 가을이다

인생은 가을날 텅 빈 꽃밭 같아라

너도 알고 나도 알 것만 같은 인생은
사실은 너도 모르고 나도 모르는 채
때론 확신에 젖기도 하고
때론 미로를 헤매며
비틀비틀 여기까지 오지 않았던가

살다 보면 뭔가 되어 있을 것도 같고
근사한 게 나타날 것 같기도 하다가는
뭐 이러다 끝나지 체념도 하면서 말이다

어느 가을날 찬란한 코스모스 꽃밭 기대한
강변공원에 눈에 띄는 건 황량한 폐허뿐

아쉬워 둘러보면 남는 건 회한뿐이니
아 인생은 가을날 텅 빈 꽃밭 같아라

겨울 봄 여름 지난 가을 꽃밭엔
청초한 코스모스 만발해야 제격이거늘
널 보러 살 에는 추위와 땡볕 견뎌 왔거늘
이리도 황량한 가을이 웬 말인가

구름 고운 날에는

그리하여도 떠나간 숙녀의 옷자락을
넋두리하듯 되뇌진 않으리라
가슴에 꽃씨 한 톨 밭뙈기 한 평
비와 햇빛 뿌려줄 창만큼의 하늘 남아 있다면
코스모스꽃 다시 피어나리니

텅 빈 꽃밭 맴도는 향기 어린 가을을
가슴 뚫고 창자까지 깊이 들이마시며
동토에 북풍 부는 겨울까진 끝끝내
코스모스 씨앗 이랑마다 심을 터이다

잔향 잔설

덤인 양 평일의 오후는 한가로워
언 강엔 하얀 순수 하늘엔 파란 순수
충분조건 나들이의 애피타이저로
고즈넉이 마주하는 커피잔

혹여 태풍 속 찻잔의 평화일지라도
모락모락 어루만지는 커피 향
쌉싸름 입안 휘감는 내음에
생활의 중력 벗어던지는 작은 해탈

찻잔은 비어도 뇌리에 맴도는 잔향殘香
잔향에 녹아내리는 티끌들
티끌 진 꽃자리 피어나는 여유로움에

잔설殘雪 하얗게 동트는 싱그런 나들잇길
발걸음에 설렘의 날개 돋는다

가슴 생생한 잔향 잔설 부질없다 치면
달리 뭣이 있어 유구하다 큰소리치랴

구름 고운 날에는

그대의 벼랑

벼랑 끝에 섰을 때
그대는 혼자였다
벼랑도 혼자였다

벼랑의 시간 끝에
인고는 일깨워 줬다

벼랑의 그대
그대의 벼랑
그것은 둘이 아님을
서로 의지해 있음을

그리하여
벼랑은 대지로
그대는 존재로
돌아가야 함을

나는 오늘

나는 오늘 찾았다
심연 흐름 따라

나는 오늘 걸었다
발로 땅 만나며

나는 오늘 보았다
풀잎 삶의 춤을

나는 오늘 들었다
골짝 숨은 얘길

나는 오늘 숨 쉰다
영혼 깊숙하게

놀랍지 않은가?

나는 오늘 감사한다
흙과 풀잎과 물과 해에게

나는 오늘 감사한다
사람의 노고와 헌신에게
그리고 자신의 현존現存에게

가을하늘엔 별이 뜬다

어지러워
땅이 어지러워
하늘 보고 걷는다

높고 깊은 하늘
바다에 빠지는 듯 어지럽다가
이내 가을이 뜨고 별이 보인다

별이 하나둘 셋…
마음의 눈 동그랗게 뜨고 보니
하늘 수놓은 셀 수 없는 아기별

귀뚜라미 곡조에 별이 쏟아지고
강 물결 따라 은하수 펼쳐지는 밤
마음 하늘에도 별이 총총 박힌다

먼 하늘 붓으로 쓰윽 그린 구름 위
눈길 머무는 그리운 별 하나

함께 있어도 그리운 연인처럼
가을은 이미 옆에 아련하게 앉았다

가을 여행

검푸른 하늘에 뭇별 총총 빛나고
감귤 빛 반달 휘영청 해먹 타는 밤
우린 마냥 거닐며 환한 숨결 나눈다

뜨거운 땡볕 거친 바람 가슴에 담고
황금물결 춤추며 시 읊는 벼 이삭
우린 그냥 달리며 가을에 취한다

짙푸른 바다 수평선 멀어져 가고
쓸쓸한 모래 처얼썩 쓰다듬는 파도
우린 이냥 눈길 오가며 차 마신다

절 경내 텅 빈 바람 나뭇잎 날리고
오를수록 짙게 물들어 가는 단풍
우린 저냥 스미는 정 물들어 간다

파도새

멍하니
밀려오는 파도 바라보매

불현듯
흰 파도 더미 위로 솟구쳐

눈부시게
흰 꽃잎 펼치는 갈매기 떼

오호라
갈매기 떼는 날아가는 파도라네

늦가을 장미

굿은 비 추적추적 겨울 손 잡아끄는,
단풍마저 여의어 가는 가을 저문 날,
길 가 야윈 얼굴 함초롬히 피어 있다

작열하던 뙤약볕 고스란히 담아내어
해붉은 정열 고즈넉이 품 안 지닌 채
아련한 옛 생각에 살포시 고개 숙였다

홀로 남아 어스름에 잠길 때까지
굽이굽이 여울목 건널 적마다
애달픔 아로새겨 꽃잎 주름진,

시절 넘긴 꽃의 노을 서녘 지는데
쉬이 가는 아름다움 한탄할망정
늦가을 살아 내어 장한, 장미 한 송이

벚꽃엔딩

오늘에야
벚꽃엔딩의 의미
사무치게 다가왔다

그야말로…
벚꽃이… 끝! 내! 주었다

수학여행

시곗바늘 한없이 되돌려야 갈
까마득한 태곳적 같아

코밑수염 꺼슬해지던 시절,
버스 타고 떠난 머나먼 여행.
요즘에야 지척이지만 그땐 그랬지

선정에 든 석굴암 부처님 알현하고
난생처음 다보탑 석가탑 구경했지

해운대 갯바위 솟구치는 파도 피해
팔짝 뛰다 넘어져 바지 젖던 꿈이여

선생님 몰래 술 마실 줄 몰랐던 시절이,
평생 마신 술만큼 세월의 강은 흘러,
동창들의 깊은 주름에 닿았거늘,

수학여행 언저리 어슬렁거리며
홀로 도통 늙을 줄을 모르네

Enamel sea

겨울이 가네
푸른 하늘 드리우고
봄 햇살 머금어 Enamel sea

상념이 뜨네
푸른 파도 밀려오고
세상사 머금은 Enamel sea

세월이 가네
하얀 파도 흩어지고
지난날 머금은 Enamel sea

젊음이 이네
웃음소리 들려오고
흥겨움 머금은 Enamel sea

내 님이 오네
님의 얼굴 어른대고
봄바람 머금은 Enamel sea

내일이 오네
갈매기는 날아오고
새 희망 머금은 Enamel sea

신화에 드네
겨울 어둠 스며들고
달과 별 머금은 Enamel sea

들꽃, 사람, 물새

땅에는 들꽃 피어있고
하늘엔 물새 날아간다
땅과 하늘 사이 한 사람,
들꽃처럼 여여如如하고 *
물새처럼 자유롭다

후두둑 빗방울 떨어져
후다닥 발걸음 재촉하니
근육마다 싱긋 솟는 생기에
날개 주욱 펴고 펄럭이면
행여 하늘을 날지도 몰라

땅에는 들꽃 피어있고
하늘엔 물새 날아간다

땅과 하늘 사이 한 사람,
여여한 들꽃으로 피고
자유로운 물새로 난다

---

* 如如하다 : 늘 그대로 그러하다.

은물결 금물결

은물결 반짝이며 은총으로 밀려올 때
마주 보며 말 건네는 당신의 눈동자에
석양빛 일렁이는 금물결을 보았소

강에서 부는 바람 어루만져 뺨 감쌀 때
봄 햇살 머금은 하늘엔 벚꽃잎 날리니
미소 짓는 민들레에 금물결을 보았소

수려한 이마 언뜻 세월 화살 지나갈 때
굽이굽이 개울 물살 바위 돌아 맴도는
순리에 물들어 가는 금물결을 보았소

길동무

길동무와 흘러가는 이 밤길

왼편엔 초승달 서녘에 흐르고
오른편 겨울 강 북서로 흐르니
동행하는 즐거움 비할 바 없어라

달과 강 더불어 맑은 마음 나누다
갈 길이 어드멘지 까마득히 놓고
명화 뜨고 시 흐르는 꿈길만 가노라

워따 쓰리

이 한 몸 됐다 워따 쓰리
벗들과 어화 둥실 흥청댄들 뭐 어떠리

이 마음 됐다 워따 쓰리
정 깊은 눈결 실실 넘실대면 뭐 어떠리

이 웃음 됐다 워따 쓰리
실없는 우스개에 꽃터진들 뭐 어떠리

이 한밤 됐다 워따 쓰리
정든 님 떠올려 달이 두둥실 뭐 어떠리

이 느낌 됐다 워따 쓰리
시방에 핀 꽃 어여삐 여긴들 뭐 어떠리

달과 별 보노라니

땅거미 젖어 들고

뉘엿뉘엿 날아가는 백로 한 쌍
서녘 멀리 노을 지듯 지나니

아쉬움에 돌아설 제 꼭두하늘엔
상현달 그리고 저만치 작은 별 하나,

거리를 가늠키 어려운 달과 별은
저를 매개로 한 하늘 인연을 맺습니다

달과 별 우두커니 보노라니
아련히 우주 마음 들어옵니다

달과 별 한참을 보노라니
우리 모두 우주 안 우주입니다

달과 별 곰곰이 보노라니
우리 모두 영원한 지금입니다

거미줄

나뭇가지 아래 허공에 거미 하나 떠 있다
극세사 한 가닥에 실려 있는 가느다란 숨결아

또르르 줄 말아 하늘 오르다가
쭈르르 줄 풀어 세상 내려오는
삶의 전문가다운 자유 자재로움을 보라

톡 건드리면 끊어질 아슬아슬함에도,
존재의 근거, 세상과의 연결고리
지탱해 주는, 저리도 굵직한 탯줄
그 빛나는 신성神性을 보라

구름 소고 小考

있는 건지 없는 건지
아리송한 구름이라구요?
그대는요?

구름이란 뜯어 보면
물방울 얼음 입자가 다

생성 소멸 거듭하며
갖가지 형상 이루다 어느새
흔적 없이 사라짐은 구름의 숙명

일순간의 형상에 실체가 있다 함은
허공에서 장미꽃 번쩍 피어나는 일

인정해요,
그대는 훨씬 복잡한 구성인자에
비교적 서서히 변화하는 데다
두뇌란 하이테크 장착했음을.

그래도 어차피 고개 끄떡일걸요?
그대도 먼 길이야 걸어왔지만,
꽤 진화된 구름의 변종이란 걸,
꽤 멋지고 신비한 구름이란 걸.

손바닥 톡 치고

"아제 아제 바라아제."
깊은 산사에 울려 퍼지는 독경 소리에
꽃잎처럼 휘날리는 나뭇잎

엉겁결에
손 뻗어 낚아채려 하였으나
손바닥 톡 치고 떨어지는 낙엽 한 잎

붙잡지 못할
아! 생가슴 톡 치고 멀어지는 가을아

아침 강처럼

아침 강을 본 적이 있는가
투명한 가슴으로
생긴 모습 그대로의 풍경을 껴안는
성화聖畵같은 아침 강을 본 적이 있는가

아침 강을 본 적이 있는가
동심의 마음으로
담긴 심성 그대로의 순수를 껴안는
아이같은 아침 강을 본 적이 있는가

아침 강을 본 적이 있는가
지치지 않음으로
본래 의지 그대로의 열정을 되찾는
부활하는 아침 강을 본 적이 있는가

시월과 나

나의 맘에 네가 사는데 너의 맘엔 살지 않는 나
나는 널 그리워하는데 날 그리워할 리 없는 너

내 마음속 인연으로만 남아
나는 나대로 너는 또 너대로

넌,
쓸쓸한 감미로움,
가슴 시린 아름다움.

넌,
사랑의 꽃 피어나고,
영혼의 열매 무르익는,
내 삶의 오색 정원.

날 너로 불러
우리 함께 한세상에 살기를

이제 그 안에 머물러
그리우면 언제든 만날 수 있으리니

사무치는 그리움 아닌
닿을 듯 말 듯
아련한 그리움으로

그대 이름은 시월,
나의 이름이 되네.

유월은 초르다

푸르른 강물
눈이 부신 햇살
살갑게 부채질해 주는 바람

'유월'이라 소리 내어 불러 보면
친근한 '6'자*에 우리의 계절인 듯
덩달아 푸르러지는 마음

물풀은 초르고
나뭇잎 초르고
먼 산도 초르니
우리 초르지 않을 이유가 없다

녹음은 참 좋은 거라고 혼잣말하시던
아흔 훨씬 넘으신 아버지께서 초르니
아흔 한참 먼 우리 초르지 않을 이유가 없다

바다로 급히 달리는 기찰 타지 않아도
나무 그늘 아래서 졸며 앉아 타고 가는
여름행 열차 유월은 더할 나위 없이 초르다

* 초르다 : 맑은 가을 하늘, 깊은 물의 '푸르다'와 구분하여 풀과 나뭇잎의 초록색을 드러내기 위해 실험적으로 사용한 말로서 생명의 기운이 넘친다는 의미 내포.

존재증명

숲 속 벤치 앞 나뭇가지에
자그마한 새 한 마리 날아와
나뭇잎 그늘 가려 보이지 않더니
"또르르르르" 나무 쪼는 소리
"나야 나 딱따구리"
단칼에 내지르는 존재증명

뇌리 찌르는 전율에
나의 존재증명은?

"너는 누구냐? 나는 누구냐?" 하는 대목만
떠오르는 노래처럼
도돌이표로 맴도는 물음표

어슬렁거리며 떠돌다
존재증명은 남은 생에서
아니면 기약 없는 다음 생에서나

밤새 덮이는 함박눈 마냥
쌓이고 또 쌓이는 존재라는 숙제
"또르르르"

삼월의 새악시

봄빛 예쁜 꽃으로 피어라
남 보기에 예쁜 꽃도 좋지만
스스로 돌아보아 예쁜 꽃으로 피어라

예쁜 꽃보다는 어여쁜 아내가 되어라
어여쁜 아내는 어여쁜 신랑 초대하리라

어여쁜 아내보단 아름다운 사람이 되어라
아름다운 사람끼리 아름다운 부부로 탄생하리라

그다음엔
네가 되고 싶은 꽃으로 핀들 어떠하고
네가 되고 싶은 아내가 된들 어떠하며
너희 되고 싶은 부부 된다면 참으로 좋아라

그다음엔
그다음엔
지혜의 거울과 사랑의 은총으로 수놓은
행복의 뜨락이 펼쳐지리라, 3월의 새악시여

2부

파도는

파도는

하늘의 부름 받아, 파도는
달빛에 꿈을 꾸다, 파도는
해를 한입 머금고, 파도는
수평선 밀지密旨 품은 채, 파도는
갈매기 날갯짓으로, 파도는
은빛 꽃가루 날리며 거침없이 질주한다

바다가 품어 먹인 젖 먹던 힘까지 다하여
마라톤전투 승전보 전한 필라피데스의
집념으로
절벽 품에 철썩 안겨 스러지며 전한 밀지,

그것이 무엇이더냐, 파도여
기막힌 말씀 무엇이더냐, 절벽이여
하늘 기밀이길래 말이 없더냐

그래 그냥 두어라
밀려오는 다음 파도에게나 물으련다

구름 고운 날에는

매가 되어

땅 위에 늘 발 딛고 살아도

때론 공중으로 팔짝 뛰어도 보자
눈높이 성큼 자랄 수 있게

또 때론 매가 되어 날아도 보자
세상과 나 한눈에 들게

과거 현재 미래 조망하는 형안으로
먹이 향해 돌진하는 단호함으로
파고들어 놓치지 않는 발톱으로
명료하게 쪼아 내어 삼키는 부리로

하늘 높이 날아서
이 땅 위에 이루는
때론 매가 되어 날아도 보자

그대가 아니라면

그대가 아니라면
유령처럼 떠도는
한낱 무숙잘 걸요

그대가 아니라면
갈바람 앞 마지막
잎새 하나일 걸요

그대가 아니라면
봄이나 여름이나
동지섣달일 걸요

그대가 아니라면
추억 말라 얼룩진
돌멩이 하날 걸요

그대가 아니라면
별 하나 헤지 않을
칠흑 어둠일 걸요

그대가 함께라면
어여삐 단풍 물든
내내 시월일 걸요

왜가리

그리메 바랜 앨범은 서랍 어딘가 잊은 지 오래,
화사한 햇볕 속으로 나아갔습니다
비타민D 합성해야 하니까요

가다 보니 그냥 주욱 나아갔습니다
가는 길에 "왜 가니?" 신음 새어 나오기도 했고
목이 타 술도 마셨지만 해갈되진 않았어요

실로 오랜만에 향해 가고 있는 그리메
단어조차 설렙니다,
서정적이며, 그림 같다는 뉘앙스 때문일까요
-메 안에 조사 '에'가 숨어있는 듯해
삶의 지향점처럼 여겨져서일까요

점심 서둘러 때우고 강변으로 나갑니다
빈 선착장에 외다리로 도도하게 서 있곤 했던
왜가리
다가가면 경계하며 버티다가

"왜? 가리?" 흘겨보다가는
날개 펄럭이며 날아갔어요

먹이를 물어 잡는 두루미는 씨 말랐어도
작살 부리로 심장 꿰뚫는 생존 전문가-
왜가리는 노린 먹이 놓치지 않습니다

"으악" 운다고 으악새로 불렸다지만
울음 아닌 기합일 겁니다
울음 다져 삼킨 기합일 겁니다

어려선 멀리 날아가는 왜가리에 들떴지만
삶의 심장 꿰뚫는 사냥술 배우며
왜가리와 길동무하길 소망합니다

시와 삶 숨 쉬는 그리메엔 왜가리가 텃새로
자리 잡고 있겠죠
들꽃 둘러싸인 그리메 안 선착장 가까워질수록,
"왜? 왜?" 묻는 왜가리의
"왜ㄱ 왜ㄱ" 훈도薰陶하는 목소리가 들리는 듯합니다

밤배와 파도

수평선 아래 나란히 불 밝힌 어선들,
바닷가 거리 눈에 불 켜고 걷는 난,
이 밤 잠들지 못하는 부엉이 족속들.

부엉이의 배고픈 눈 말똥말똥 뜬 채,
오징어 떼 애타게 기다리는 밤배,
희미한 별 더듬으며 어슬렁거리는 나.

밤배는 오징어를 채우면 뭍으로 돌아오고
부엉이는 쥐를 잡으면 둥지로 돌아가는데

뿌연 안개 뭔지도 모를 먹이 찾아 헤매지만
먹어도 채워지지 않을 허기는 어쩌란 말인가

밀려왔다 스러지는 파도의 거친 숨결 위에
허기인지 그리움인지 아련히 맴돌게 하는
그대는 도대체 누구란 말인가

그대가 추는 춤사위는 파도가 되고
그대가 부르는 영가靈歌는 파도 소리 되어 울리는데

까르르 벚꽃 축제

공원 들어서자 '까르르'
흐드러진 웃음소리 퍼진다
화사한 얼굴에 불빛 번져
요염한 벚꽃들 즐거워 환장한다

앞뒤로 옆으로 '까르르'
자지러지는 웃음소리 터진다
싱그러운 얼굴 상기되어
한창인 여학생들 재미나 환장한다

그녀와 나 따라서 '까르르'
소리 없이 구르는 미소 띠며
오장까지 드러내어 까무러치는
축제 주연들의 환장에 스며든다

저 구름 진짜일까

강바람 가르며 자전거 타고 달린다

이 바람 진짜일까?
얼굴에 감기는 감촉 생생한데

하늘에 뜬 저 구름 진짜일까?
하얀 볼륨감 저리도 선명한데

카페 앞 떠 있는 가짜 배 진짜일까?
널빤지로 제대로 만든 배인데

바람 본 적 있어?
구름 만져봤어?
저 가짜 배 타 봤어?
그럼 뭘로 진짜야? 글쎄

넌 진짜 맞아?
그럼
글쎄
진짜 아님 뭐겠어?

숨마다 가슴 비우는,
시냇물로 강물로 흐르는,
바람 휘돌아 갈 동굴로 존재하는,
세포막마다 섬모 하늘거리는,
살 부비고 눈 부비는,
행여나 그것이 사랑이라면,

그리하여 내가 진짜라면,
바람도 구름도 진짜가 되는 걸 거야.

자네의 눈물

뚝,
누구나 터질 때 있지

눈물샘 눈에 있어도
가슴 깊이 숨겨진 누름 쇠

너의 누름 쇠 누른 이
일찍 가신 아버지였지

아버지 사연 잘은 몰라
몰라도 알 것 같아

아버지 잃은 인생
몰라도 알 것 같아

나의 누름 쇠 누른 이
살아 계신 아버지라네

아버지 역정歷程 어렴풋이
알아도 모를 것 같아

아버지와 산 인생
알아도 몰랐던 것 같아

여보게, 우리도 아버지로구나
자식으로 살다 아버지로구나

누대厲代 가계도家系圖 이어 가는구나
반만년 겨레 역사 이어 가는구나
40억 년 생명 줄기 이어 가는구나

인생 뭐 있느냐지만
뭐 있는 거 아닌가?,

때론 눈물의 뚝 터질지라도

공감으로 시를 쓰는 인생 말이야

꽃샘바람

겨울모자 귀마개 마스크 쓴 채
꽃샘바람 맞으러 벌판에 간다

다가오는 봄이야 반가웁지만
마지막 용트림 멀어져 가는
겨울이여 잘 가라는 바람 찬 길목

씩씩한 장정 걸음 무인 강변 휘돌 제
사각거리는 갈대 위 백로 날아가고
먼 하늘엔 외로운 반달 내려다본다

칼날 품은 꽃샘바람 이마 쓸며
흘러감이 서러워 위이잉윙 울 때
흘러가는 나그네 코끝이 아리다

목소리

"두런두런"
꿈 저편 은하에서 흘러 와
잠 깨우던 목소리

"쿨럭쿨럭"
단숨에 이승으로 끌어내던
늙고 병든 목소리

언제부턴가
귀 기울여도 들려오지 않는
노인장의 목소리

겨울 밤하늘,
울려 퍼지는 별똥별의 노래,
"도란도란""콜록콜록"

어머니 청국장

청국장 개시하는 단골식당 턱 괴고 앉아
입맛 다시며 기다렸더니 머얼건 국이어서
아니 이건 내가 아는 청국장이 아니라네

시골길에 청국장 간판 반갑게 걸렸거늘
나오느니 갈색 콩에 역시나 멀건 국이어서
아니 이도 내가 먹은 청국장은 아니라네

진노란 메주콩에 먹음직한 흰 두부에
모락모락 추억 걸쭉한 그 옛날 청국장
눈 감고 까마득한 꿈속에나 그려보네

대청마루엔 메줏덩이 짚 그네 타고,
아랫목 시루엔 콤콤 메주콩 단잠 자던,
엄마 손에 보글보글 어린 시절 청국장.

어머니는 허리 굽은 세월 엄청 버거워
돌 지난 아기처럼 보행기를 짚으시고
청국장 뚝배기는 깊은 동굴 삭아만 가네

인생 수업

꼭 살아 봐야 아느냐
바르고 알차게 즐거웁게 살다 보면
주렁주렁 보람이 열리지 않겠느냐

꼭 겪어 봐야 아느냐
정답게 아끼고 사랑하며 살다 보면
주렁주렁 행복이 열리지 않겠느냐

꼭 죽어 봐야 아느냐
채우고 깨닫고 비우면서 살다 보면
물 흐르듯 저세상 열리지 않겠느냐

살기 전에 죽기 전에
가만히 인생을 거울 보듯 살펴보면
갈 길이 해 뜨듯 떠오르지 않겠느냐

장마철 취함에 대하여

술에 취해 번번이 버려두고 가더니
비단이불 눈처럼 깔린 하늘에 취해
비인 선착장에 두고 내린 검은 우산

소낙비 내리다 맑다 하는 장마철엔
잠깐 그친 막간幕間의 구름 하늘이
울다 웃으며 취하는 한잔 술이려나

장마철 하늘의 신묘한 구름이나
우리 인생 막간의 한잔 술이거나
기꺼이 흠뻑 취할 세상의 선물이나

강변을 나서며 한편으로 짚어보매
말술에 대취한들 구름에 몽롱한들
사랑에 못 취하면 취했다 못 하리라

절벽

파도는…
절벽은…

바닷물 아니리라
바윗돌 아니리라

눈물도 아니리라
가슴도 아니리라

온몸 도리질로 가슴팍 파고든들
천년 피눈물에 가슴팍 패여간들

파도야 절벽이냥 딱딱한 파도인걸
피눈물 파도치는 피멍 든 가슴인걸

시립공원 옆 산후조리원

산후조리원 지나면 시립공원 있네

산책로 옆 좁은 흙길 들어서면
햇빛과 나무가 꾸미는 길 모자이크,
서로 기대어 너울거리는 빛과 그리메,
빛에 잉태된 그리메, 그리메에 잉태된 빛

초록 나뭇잎 사이로 불그스레한 단풍잎,
초록 안 단풍의 징조, 단풍 안 초록의 추억,
초록에 잉태된 단풍, 단풍에 잉태된 초록

무리 지어 걷는 노인들,
챙모자 쓰고 뛰어가는 아이,
노인 안 잉태된 아이, 아이 안 잉태된 노인

새에 잉태된 노래, 노래에 잉태된 새

나무에 잉태된 벤치, 벤치에 잉태된 나무

바람에 잉태된 출발, 출발에 잉태된 바람

길에 잉태된 깨달음, 깨달음에 잉태된 길

서로 잉태된
거대한 임신부-시립공원

시립공원 바로 옆엔 산후조리원 있네

초야에 살자 하니

흐르는 개울물로 초야에 살자 하니
흙탕물 밀려와 마구 소용돌이치고

떠도는 구름으로 초야에 살자 하니
세속먼지 밀려와 공중에 떠다니고

적막한 묵음으로 초야에 살자 하니
소음 들려와 귀 속 벌레 소리 맴돌고

청정한 허공으로 초야에 살자 하니
때아닌 삭풍에 세간 번뇌 들끓누나

세상 어디에도 초야는 없는 듯하니
마음 초야 집 지어 우주에 살자 하네

한걸음 일찍

사라진 후에
이별한 후에
아쉬워진 후에
깨닫게 되지

사라지기 전에
이별하기 전에
아쉬워지기 전에
깨달을 수 있다면

한걸음 일찍

수족관 물고기

어느 물고기 용케 세워 서 있고
어느 물고기 바닥에 누워 잔다

이-저승 간 수족관 유리 벽 두드려 봐도
누워 있는 물고기 철퍼덕 기척이 없다

그레 질긴 숨 남아있든
휘이 부레바람 날아갔든
휘이 이승이나 저승이나

그레 질긴 우리 숨도 이-저승 간
휘이휘이 아스라이 걸쳐있나

여강만박晚泊

석양은 날개 접어
산 저편 기슭에 둥지를 틀고

노을은 얼큰하게
심연深淵의 향수鄕愁를 적시는데

길손은 닻을 내려
여강에 하루의 봇짐을 푼다

포석정 카페

하늘 아래 언덕 위 카페

포석정을 본떠
물의 이치를 담아
하늘의 뜻을 받들어
물이 위에서 아래로 흐르는 연못에서

술잔을 흘러 보낼까 하나
이미 옛 법도가 되어
마음의 꽃잎을 띄워 보내나니
님이여 물의 하심下心을 받으소서

봄트는 날

산수유꽃 싹트는
오늘은 실로 봄날이오

따스한 봄볕 싹트고
함께 구름 탄 느낌 싹트는
오늘은 진정 싹트는 날인가 보오

더 이상 여한이 없을 것만 같은,
잔잔한 강, 평화가 아지랑이 피는,
새봄이 지금 여기 한창이란 말이오.

에이고 서러운 겨울 지나올망정
인생살이 겪어야 할 계절이라 치면
이겨 맞은 이 봄 더욱 애틋한 듯하오

우리의 강 위로 꽃향기 흐르는
오늘은 진정 봄트는 날인가 보오

행복의 조건

밤새 비가 내렸는지
아! 맑고 상큼한 공기
해맑은 하늘까지 가슴 깊이 들이켭니다

짬을 내어 강변에 나가니
아침부터 분주한 작은 새들
물가 숲과 바위 동화 속으로 데려가는 물안개

가만 생각해 보니
행복해지는 데 필요한 건 그저
맑은 공기, 적당한 비, 마음의 여유, 자유, 자연

곰곰 생각해 보니
그건 커다란 조건
아니 엄청난 행운

아니 소름 돋는 행복입니다

한 백 년

해 뜨면 태어나고
꽃 피면 아름답고
노을 적시면 사랑에 물들고
해 지면 고요에 들라

지나온 세월 속삭이거늘

아! 한 백 년 사자는데

조금성

신라적인지 고려적인지,
계곡 권장수權將帥 던진 돌
산 위 김장수金將帥 받아
한 돌 한 돌 쌓았다는 설악산 권금성權金城

조趙 여인 김金 사내 함께 올라
깎아지른 암벽 올려 보며
절경에 절로 터지는 감탄사 화음
까마득한 골짜기 내려 보며
오금 저려 서로 챙기는 안위

닫혀 있다 열린 산길 반신반의하였건만
오를수록 오묘한 산세
이끌리듯 멈출 수 없는 발길
오르지 않았더라면 않았더라면

케이블카 타고 오른 칠백 미터
위로 칠백 미터 손깍지 끼고
감탄하며 오를 수 있다면
감격하며 오를 수 있다면

사내 마음 보내면 여인이 안고
여인 마음 던지면 사내가 받아
마음의 성城 겹겹이 쌓고 쌓아
난공불락 조·금·성 趙金城 지을 수 있다면

벚꽃 출근

집 나서자마자 봄 햇살에 봄 벚꽃
벚꽃 보자마자 봄 내음에 꽃 마음
마음 꽃 피자마자 봄바람 봄 소풍

차로 돌자마자 개화사한 개나리
개나리 꽃피면 머지않아 진달래
진달래 꽃피면 머지않아 철쭉꽃

철쭉꽃 피며는…
철쭉꽃 지며는…
오늘, 소풍, 여기, 까지.

곤지암 노래방

'곤드레밥' 식당 간판 보며 떠올렸네
털보 영감 흥청대는 곤지암 노래방

육고기 물고기 산해진미 안주에
만국萬國의 천국행天國行 술 즐비하여
곤드레 정에 취하고
만드레 낭만에 취하였네

얼굴 주름 술 익듯 익어갈 즈음
마음 주름 꽃 피듯 활짝 펴는

가 보지 않았음 말을 말어,
꿈에 젖어 음치가 명창 되는
흥에 겨워 박치가 가수 되는
곤지암 노래방 말여.

흐르는 세월은 무심無心하나
새겨진 추억은 유심有心하니

오아시스 밤하늘 울려 퍼진 유행가는
사막길 카라반 행진곡으로 리바이벌되리

5월의 정원

튤립 철쭉 자목련 며느리밥풀,
활짝 꽃핀 정원은,
웃음꽃 덩달아 피어나는 꽃의 공화국.

5월의 정원엔,
푸르름 물들이는 하늘,
원색의 화사함 뿌려주는 햇살,
비상飛上의 깃털 심어주는 새들,
사랑의 숨결 불어주는 사람들,
한데 어울려 제 일하며 북적거린다.

오늘은 내 삶의 5월

꽃에서 불어오는 바람,
결마다 스며든 나뭇잎,
움찔하며 일으키는 바람,
가슴에 일렁이는 바람,
눈길 타고 꽃으로 다시금 흘러

흐르는 존재 모다 꽃 되어
-꽃-하늘-햇살-새-나뭇잎-사람-꽃-
더할 나위 없는 한줄기 꽃바람 분다

담쟁이넝쿨의 노래

딴마음 품은 적 있을라구요
님 부르심에 기도하듯
한 손 한 손
하늘 향해 오롯이 담벼락 타고 오를 뿐

가까스로 다다른 창문엔
김 서린 유리창 흐릿하여
아른거리는 방 안으로
님 찾아 헤매는 손

마디마디 덩굴손 문드러진들
허우적거리며 몸부림쳐도
창문 꿈쩍 않은 채
방 안엔 기척도 없습니다

메마른 잔가지, 갈망으로 타올라
오르고 또 오르는 꼭 막힌 돌벽엔
이제 더 이상 문 따윈 없어

하릴없이 덩굴손 허공 휘젓다

천신만고 기어오른 옥상마저
그리운 님의 자취 없으니
부르기는 하신 건지,
뉘신지, 정녕 알 길 없습니다

그리한들 숨결 잠든 후, 님 향한
정령의 노래만은 꼬옥 품어 주시어요,
한동안은 한동안은 하늘에 여울지다
담벼락 미이라 맴도는 높바람 울음을.

첫눈이 오면

바람이 운다

눈이 오면
첫눈이 오면
지난날의 몸일랑
살과 피는 녹아 내려
뼈에 진액만이 스미어
존재 버팅기는 뼈대 위에
새벽처럼 첫눈은 쌓이리라

바람이 잔다

눈이 오면
첫눈이 오면
눈에 씻긴 뼈에서
스민 진액 우러나와
배인 눈에 피와 살 피어
뽀오얀 뼈와 피와 살 위에
태초처럼 첫눈은 쌓이리라

구름 고운 날에는

바람이 분다

눈 녹으면
첫눈 녹으면
지난날 모두 녹여
몸, 구름으로 새로 짓고
억겁 바람으로 정신 줄 꼬아
벼랑 들어앉은 도인 되었다가
우주 너울대는 파장이나 되어라

3부

버릴 게 하나도 없는

버릴 게 하나도 없는

명태 조림 먹으며
버릴 게 하나도 없는 생선이라고
주인은 아낌없는 찬사를 늘어놓는다

담백한 살은 물론이고
창난 명란 애 아가미 곤지에다
눈알까지 빼 먹으니 그럴 만도 하다

커피를 마시며
지나온 내 인생은
버릴 게 참 많다는 생각이 든다

게으름은 기본에
기나긴 방랑에다
땅 밑에 집을 짓기도 했으니 말이다

들길을 걸으며
개똥도 약에 쓴다고
버릴 건 없으리라 생각을 고쳐먹는다

게으른 덕분에 한가로이 상념에 잠겼으며
방랑하며 이 길 저 길 거닐었고
땅속에서 어둠에 깃든 빛을 보았으니

주어진 삶을 살며
아주 너른 마음 집을 지어
크고 작은 방에 머물러 묵상하리라

걸을 수 있을 때까지 걸으며
닿을 수 있는 데까지 닿으며
침실의 화원에 장미와 카네이션 피울 일에 대하여

겨울비

이제 그만 씻어 버리라며
뼛속 시린 정화수井華水 쏟아붓던 지난밤

이젠 미련의 흔적마저 떨쳐 버리라고
벼락 치며 겨울비는 밤새워 경책警策하더니

긴 세월 가슴 한가운데 갈망의 고목은
심장에 쐐기 박힌 뱀파이어처럼 울부짖다가

마지막 남겨진 잎새 한 잎 힘겹게 떨구고
가지는 한 줌 가루로 부서지며 날아가

겨울의 명징한 거울 앞에 마주 선
오롯이 빈 가슴이여

낮에 뜬 달

그대와 거니는 푸른 강변 하늘에

오늘따라 유난히 또렷한 낮달은
배부르다 차마 차오르지 못한 달

볼때기 한쪽이 해쓱한 얼굴로,
넌지시 바라보는 우리를 향하여
보란 듯이 헤진 가슴 풀어 헤치니

쓸린 상흔 잔물결에 찰랑댈지라도
우리 심천深川엔 은하수 유유히 흘러
슬며시 앞섶 여미는 정겨운 달이여

보이지 않는 날도 어김없이 떠올라
여물고 또 여물어 소생할 보름달은
우리 다진 가슴에 금빛 미소 뿌리리

난 널

난 널 알아,
너의 웃음에 가린 눈물을
너의 낙천에 가린 애수를
너의 일상에 가린 공허를.
난 너니까

넌 날 알아,
나의 눈물 속 살아나는 긍정을
나의 애수 속 피어나는 미소를
나의 공허 속 채워지는 의미를.
넌 나니까

먼 훗날

막연했던 이른 봄,
먼 훗날
봄이 지나면 보이리라

현기증 나던 여름,
먼 훗날
가을 오기 전 깨치리라

구렁이 담 넘던 가을,
먼 훗날
겨울 닥치기 전 익으리라

먼 훗날 스쳐 간 겨울,
먼 훗날 또 여기 와,
그날이 오늘

시퍼런 강물 등진
오늘이 그날,

오늘이 먼 훗날

불타는 노을

우듬지 앉아 나그네 향해 짖는 까치,
둥지 식구 넘볼까 보초 서는 초저녁

강물도 하늘도 노을 붉게 타올라
숨 쉴 틈 없이 가슴으로 들불 번지니

비린내 소란 염려마저 불타고
거짓 어리석음 번뇌마저 녹는다

염려 불탄 대지엔 강물 흐르고
번뇌 녹은 허공엔 하늘 푸르다

까치는 둥지 들어 곤히 잠들고
노을 잦아든 산천 어둠 깃든다

아름다움은 앨버트로스 날개 펼치니
세상의 여린 존재, 여신 품에 안긴다

잎새가 핀다

본다
꽃잎은 본다
삶은 피고 지는 것

본다
잎새는 본다
삶은 지고 피는 것

꽃비 되어 내린 꽃잎 가슴에 묻고
마냥 푸른 잎새들 장도에 오른다

연꽃봉오리 열리면

자식이 일류대 들어갔다든지,
금메달 땄다든지,
고시 합격했다고,
소 잡아 동네잔치 벌이던 시절은 있었으나

누군가 철이 들었다든지,
사람이 됐다든지,
분별하게 되었다고,
동네잔치 벌였단 얘긴 들어본 적 없지만

연잎이 연못 덮었다든지,
드디어 연꽃 피었다든지,
연꽃봉오리 활짝 열렸다고,
TV 뉴스에 나오는 걸 본 적은 있어도

연꽃 피듯 사람이 피었다든지,
자신을 돌아보게 되었다든지,
세상 보는 눈이 트였다고,
들어는 봤어도 눈앞에 볼 줄은 몰랐기에

아름다운 사람아
먼 길 돌아온 사람아
'나'를 쥔 주먹,
펴는 김에 보자기로 펼쳐
아주 만약에 연꽃봉오리 활짝 열리면

열린다면
연화좌蓮華座 앉으실 귀인 나셨다며
시방삼세十方三世 들썩이도록, 산천초목 모두 나서
크다란 우주 잔치 벌인다 하더이다

여생이 일생이네

유년 건너뛰어
청춘 건너뛰어
지금까지 왔네

동심 건너뛰어
젊음 건너뛰어
여기까지 왔네

앞길이 구만리도 아닌데
어느덧 지금 여기

산봉우리 오르니 보이네
듬성듬성 황무지

산 정상 오르는 길 심겠네
동심의 풀 젊음의 나무

푸른 바람 불어와 춤추는 풀밭
산새들 날아 와 지저귀는 꽃나무
한창나이 이순耳順의 무성한 숲 이루겠네

앞길이 구만리도 아닌데
여생이 일생이네

강강수월래

산 너머 연분홍 노을 꽃 필 무렵
엊그제 상현달 화사한 봄 단장하며
또 하루가 다르게 배 차오른다

나뭇가지 아직 헐벗었으나
푸드덕거리는 새 날갯소리 울리고
고라니 신이 나 갈대숲 뛰어다니니
도처에 생명의 동심원 퍼져나간다

인간의 세상엔 몹쓸 역병 번지어
질곡의 둠벙 속 허우적대나
일그러진 달 머지않아 만삭이 되면
파릇한 옥동자 태어나리니

그땐 정말 서로서로 둥근 손 꼭 잡고
암반수 말갛게 씻긴 숨통을 열어
휘영청 둥근달 아래 크나큰 동그라미로

원도 없이 강강수월래 추어나 보세

하루의 속세를 떠나

내리는 빗물에 오롯이 씻기로 한다

하루의 속세를 떠나
풀과 들꽃 반기는 강변을 걷노라니
해맑은 공기로 채워지며
천근만근 세상사 녹아내린다

꼬꼬댁 울며 날아가는 새를 닭새라 이름 붙이곤
알고 있던 이름들 하나둘 털어내다간
닭새란 이름도 저 멀리 날려 보낸다

이름들 홀러덩 벗어버리니
나 자신도 벗고
새 되어 훨훨 날다
바람으로 흐르다
노을 젖어 서산에 진다

축제 뒤의 축제

가지 늘어지도록 탐스러웠던 벚꽃,
반딧불이었나 고운 넋 떠도는 호수공원
가지 털어내어 남은 벚꽃 적적한데
꽃자리 옆 푸른 잎새들 자라나며
잎새의 축제 준비한다

물결 일렁이도록 깔깔대던 여학생들,
싱그러움 터뜨려 불꽃놀이 하던 산책로
책상으로 돌아가 공부 여념 없는지
빈자리를 낯선 젊은이들 거닐며
일상의 축제 즐긴다

꽃, 번식, 봄바람의 시절,
꿈인 양 지나가는 이제는
나무의 든든한 성장 이룰 잎새,
그리고 공부, 익어가는 봄이다

눈꽃 휘날리어 바닥에 스러진 꽃잎,
환영幻影인 양 바라보며,
먼지 되어 날아간들
서러워는 않으련다

가슴 한 켠 벚나무,
숨 남아 있다면,
꽃지지 않을 상춘常春의 샘물 주리니
벚꽃아, 요염함 뽐내며 생명의 춤 멈추지 마려무나

개미마을

코앞 땅만 보며 구둣발 아랑곳없이
개미 행렬, 수선스레 오가는, 개미마을 지나
달인 듯 그리던 연꽃 찾아가는 길

지천支川에 지천인 연잎 사이,
초승달 연꽃 반달 연꽃 보름달 연꽃
피어 열릴수록 환해지는 세상

여러해살이 연륜 깊은 꽃,
세상사 녹아든 진창 속
빛나는 순백의 정결貞潔.
봄 지나 땡볕 담금질 뒤
익었을 연분홍 자비慈悲.

이백 닮은 개미 있어
연꽃이 달이라면
달 뜨면 마음꽃 피는 달이라면

벗 삼아 취해 부르는 노래를 넘어
연꽃 향한 사모의 기도 여무는
눈 밝은 개미여

고개 들어 연꽃 응시하다 눈 트이는 개미의 하늘에
싯다르타 눈 뜨듯 연꽃달이 뜬다
육천만 년 어둠 뚫고 우담바라 핀다

이천 년 지나도 발아할 연꽃 종자를
네 꽃받침 속 깊이 품으렴, 잠 깬 개미야

연주자

로비에서, 건반이 저 홀로 춤추는
연주자 없는 피아노 선율 들으며
창밖 밤의 정적에 귀 기울입니다

유리창 어둠 속 존재를 직시하며
동행은 할 수 있어도 결국 자신뿐
연주하는 이 누군지 돌아봅니다

목주름 덮으려 목도리 휘감으며
나이테 담긴 뜻 헤아리는 이 밤에
어둠 속 손가락 푸는 이 있습니다

쉼터 없는 세월의 둔덕에서 이제는
망설임의 목줄 벗고 결기 다집니다,
이제는 피아노 앞 당당히 서리라고.

소리

한적한 산길 걷다 바위에 앉자마자
불현듯 들려오는 계곡물 소리에
온 마음 쏠리더니 귀 문" 스르르 열려

기다린 듯 산새들 정겹게 지저귀고
물결처럼 마음의 소리 흘러오누나

어이 마음아
반갑구나
무에 그리 길이 바빠
네 소리에 귀먹은 채 털레털레 걷다가
잠시 쉬어 앉으니 간만에 재회하는 너랑
가는 길엔 두런두런 정담이나 나눌까나

푸르른 석양

서녘 하늘에 석양은 머물러
뜨거운 핏빛으로 이글거린다

갈고 닦은 뒷심으로 쉬 지지 않으며
든든한 어깨로 푸른 하늘 짊어진다

해 질 무렵,
이처럼 시리도록 푸른 하늘
이토록 천진난만한 하늘을
그대여 살면서 살아 본 적 있는가

비록 그대의 태양,
조양朝陽 아득하고 오양午陽 까마득히 지나,
석양夕陽일지언정,
그대여 언제나 푸르른 석양이어라

내복을 벗으며

마음 적시는 봄비가 내려
몸은 갑갑한 내복을 벗네

강 얼음 녹아
강물은 봄 녘으로 흐르는데

언 마음 녹여
나도 따라 봄맞이 가려니

장자莊子의 소요逍遙엔 못 미칠지언정
개나리꽃 눈뜰 채비하는 공원길에
발자국마다 봄의 향기 심으려 하네

쓰여지지 않는 시

혀를 차고 삿대질하고
미워하고 거친 욕 퍼붓고
열불나고 싶지는 않아
공활한 가을하늘 아래

그러나 어쩌랴
이런 젠장 어휴

오늘도
강바람에 억새잎 뒤척이는데
노을 지는 강가에
아름다운 시는 차마
쓰여지지 않아

오늘은 그러해도 가슴 살아남는다면
대보름 둥근달 차오르는 날 꼭 오리니
아름다운 시는 그제야
백로 날갯짓으로 훨훨 쓰여지리라

시월 36일

벼랑 끝 비탈지어 단풍 물든 나뭇잎
바라보던 머리카락 희끗희끗한 사내 하나

나뭇잎 펄럭이는 찬바람에 옷깃 여미며
꼬불꼬불 지나온 길 돌아보네

가을인가 했더니 어느새 겨울이 지척
시월인가 했더니 어느덧 십일월 5일

가야 할 길 아득하고 세울 업 산더민데
소슬바람 실려 가는 이 세월 어쩌라구

흘러간 계절은 떠난 화살 발자췬데
지난 자리 부질없이 시월을 노래하네

구름 달 별 그리고 나

마알간 달 서편으로 흐르는 길목에
수묵화 농담濃淡, 광목으로 번져갈 제
우두커니 지켜보는 별 하나를 바라보는 나

홑이불 썼다 젖혔다 숨바꼭질하는 달에
마음 졸이는 내 심정 저 별은 알리라

큰비 내려 구름 불어난 바다 강변에
구름 달 별 그리고 난 어쩌다 만나
한 배에 흘러가는 기꺼운 인연 지었나니

항해의 물길 굽이굽이 알 리야 없지만
진리의 강 하나둘 지나고 또 지나
궁극엔 화엄 바다 이르게 되리니

밤중에 면도하는 남자

세안 후 로션을 바르려다
손바닥에 짜 놓고 보니
아니 이건 쉐이빙폼일세

혀를 차며 수돗물에 씻으려다
애당초 그러려고 그랬던 척
구레나룻 입 주변 바르고 나니
면도날은 천연스레 풀을 깎네

아차 하면 치매 구렁 빠지려다
아닌 밤중에 아침 면도 땡겨 하는
아니 이런 깔끔한 남자가 있네

우리 꽃길만 걸어요

"우리 꽃길만 걸어요."
꽃등 밝힌 반달교는 손짓하거늘
카페에 앉아 선뜻 내키지 않는 난
"그럴 수만 있다면."
어지러운 심정으로 맥없이 푸념하오

자전거는 창문 너머
깜박이며 반딧불로 스쳐 가거늘
마음 편한지 불편한지 헛갈리는 난
꽃길 시를 쓸지 말지
엇갈린 심정으로 시 길을 헤매오

타는 노을 꾸울떡 삼켜 버린
어둠은 새까맣게 숯이 되고
반달교 난간 꽃등마저 시들어
나아가야만 하는 저 먼 길을

꽃길이든 가시밭길이든
다리 건너가야 하거늘

님아
가시밭길 닿을 꽃길 걸으시려오
아님
꽃길 여는 가시밭길 건너시려오

눈 내리지 않는 겨울에

올겨울은 눈을 아직 모르리
한 번도 본 적이 없으니

물새들 올라앉아 언 몸 녹이던
빈 선착장은 썰렁하게 비어 있나니
닥쳐올 한파 어찌 배워 떠났는가

시린 강물 피난 쉼터 양보했던 터에
홀가분하면서 서운한 심정으로
선착장에 올라 남쪽 먼 강 바라보매
어느덧 황포 돛 올리고 먼 항해 떠난다

머지않아 겨울은 하얀 설빔 휘감고
무구無垢함으로 세상 덮는 참모습 뽐낼 것이며

겨울 맞이한 사람은 무성한 이파리 떨쳐버린
가지의 참모습으로 눈 휘날리는 물길 항해하리라

6월이 가기 전에

꽃 이파리 파리한 봄은 아련한 추억
억센 햇볕 줄기 목덜미 후려치는 시방
7월로 가는 외다리를 건너야 하지

오늘 나이테는 희미하나 계절은 닥쳐
폭염과 거친 바람 피할 길 없으리니
벗어 두었던 청춘의 외투를 걸치며

후반기 첫 장 7월의 사막 건너기 위해
6월의 마지막 이랑 오아시스 샘터에서
영혼과 육신 추스르며 감로수를 채우리

살 만큼 살았다면 살았고
갈 길이 멀었다면 멀었으리

살아서 여문 만큼 뇌수를 길라잡이로,
갈 길이 먼 만큼 골수를 카라반 삼아,
건너리라 사막을, 내 삶의 보폭만큼.

인생은 와인처럼

와인은 쓰네, 때때로 인생처럼
쓴 가슴을 와인이 쓸고 가면 더 쓰거늘
사실 인생은 와인에 비할 바 없이 쓰다네

와인은 달콤하네, 때로 인생처럼
단 가슴에 와인이 입혀지면 더 달콤한데
사실 인생은 와인보다 훨씬 달콤하다네

와인은 모르겠네, 여느 인생처럼
빈 가슴에 와인 스며들면 더 묘하거늘
사실 인생은 와인에 비할 바 없이 묘하다네

와인을 사랑하네, 간혹 인생처럼
애틋한 가슴에 와인 적시면 더 애틋한데
오라 인생을 어이 그깟 술에 비할쏘냐

휘도는 와인 잔 벽 핥으며

피 터지도록 타고 오르다 맴도는
붉디붉은 인생을

빨간 버스-아가씨

빨간 버스-아가씨
다리 위를 지나가네
빗물에 온몸을 말갛게 씻고
강물에 화사한 몸매 비춰 보며
빨간 버스-아가씨
싱싱싱 신이 나
보슬비 신고 달려가네

빨간 버스-아가씨
다리 위를 지나가네
바람에 마음 곱게 단장하고
색경에 연분홍 순정 비춰 보며
빨간 버스-아가씨
샤랄라 흥이 나
봄바람 신고 달려가네

석양

산 넘는 석양을 보려거든
불구경하듯 뛰어야 하오,

가마솥 석양 걸터앉은
하늘 평상 덜컥 내려앉고
용광로 쇳물처럼 달궈져
저러다 받쳐주는 산과 공기
태워 먹지 먹지 가슴 졸일 때쯤
"아!" 탄성 짓는 찰나
앞산 너머 꼴깍 떨어져 버릴 것이므로.

한번 가 보시면
"아!" 툭 끊어지는 한숨 토하며
고갤 끄덕거릴 거요

유념할 점이라면,
산 넘는 석양의 설렘 파장은
어린 가슴 안테나에만 잡힌다는 점이오

노을 꽃길

물오리 떼 날아가는 서산 칼데라호湖
이글거리던 석양 미끄러지듯 잠기면
짙은 노을 하늘길 파르르 피어올라
고운 님 마실 길 붉은 꽃 깔아 주네

눈보라 황무지 이 악물고 건너서
봄바람 꽃동산 이제 막 올랐거늘
아이고 조바심 낼 그 뭣에 쫓기어
비감한 길 이리 선뜻 가시련단 말이오

앞서거니 뒤서거니 휘어이 가는 길
스쳤던 인연 이름-얼굴은 잊더라도
가슴 적신 선율만은 정표로 간직하여
기억해요, 함께 꾼 꿈 단꿈이었음을.

뭉게구름

봄의 젖 먹으며
봄을 딛고서

봄꽃에 꿈꾸며
봄꽃 보내고

이슬비 마시며
몸집 키우고

구름은 희멀겋게
토실토실 잘 자랐다

산 만해진
뭉게구름은
봄 껍데기 벗으며

경계심 반 호기심 반
두리번거리는
장끼처럼 고운 때깔로

미지에 싸인
여름을 향해 날아간다

4부

달의 마음

달의 마음

어젯밤 마주친 얼굴이 여전히 내려다보고 있었지
미묘하면서도 담담한 표정으로

무슨 말을 하고픈 건지
시선 피하지도 않은 채

얼굴만 봐선 속뜻을 모르겠기에
마음속 깊은 곳을 들여다보았어

놀랍게도
심연으로 들어갈수록
바다와 산맥, 강과 벼랑, 호수와 언덕, 크레이터가
선명하게 드러났지

온화하고 화사한 얼굴 뒤에
오랜 세월 감춰 온
크고 작은 폭발과 충돌과 할퀴어진 흔적,
그건 깊은 상처와 불툭한 흉터였어

수많은 밤
그녀를 바라보며
낭만 어린 밀어를 주고받으면서
담담한 표정에 숨겨진 고된 역정은
애써 외면했던 걸까

하긴 그의 속도 들여다보면 보나 마나
태풍이 수도 없이 지나간 자리겠지만
삶이 흘러가며 의당 남기는 족적이라 넘겼어

본래 한 몸이었던 그와 그녀는
까마득한 옛날에 아주 커다란 행성이
덮쳐 와 큰 충돌이 일어나 흩어진 후
둘로 쪼개져 각각의 행성으로
일정한 거리를 유지하며 서로 돌고 있었지

살다 보면 내부 또는 외부의 원인으로
크고 작은 상처란 생기게 마련이지만
그녀는 더 이상 예전의 그녀가 아니었지
오늘, 어제보다 넉넉해진 그녀의 얼굴은
하루하루 원만해져서 자신과 그를 넘어
마침내 우주의 마음을 담을 것이며

조금씩 허공의 지우개로 지우다가
그날이 오면 모두 훨훨 벗어버리고
아주 오래전 태어났던 고향으로 돌아가리라는
속뜻을 전하며 알 듯 모를 미소 짓고 있는 저 달은
여전히 시가 절로 우러나올 만큼 아름다웠어

회광나무

황벽희운에게 서른 대씩 세 번 매 맞고 한탄하다
그 매는 혼신의 가르침이라는 대우의 귀띔에
눈 번쩍 뜬 임제의현의 일성一聲은,
"황벽의 불법佛法이 별것 아니구나!"

별것을 벗어던진 빈 마음을 전하노니
"회광반조回光返照, 마음의 빛 돌이켜 비추면
그곳에 깨우침의 길 들어 있노라."

천년의 세월을 비바람 맞으며
꽉 찬 속을 비워 낸 나무
우주와 통하는 빈 마음을
푸른 잎으로 무성히도 게워 내나니

아서라!
회광나무라 애써 이름 붙인 길손아
나의 이름 본래 이름없음이니
그대의 마음속 허명들 깨부수고
그 자리에 오롯이 살아있으라

안개등으로 남은 어금니 동굴

가고 또 가도
강인지 바다인지 꿈인지 모르게,
영원으로 길게 뻗은 강변 다리 아래로,
초대형 포그머신으로 뿌린 듯한 희뿌연 안개가
어느 해 가을의 무안갯벌을 옮겨다 놓았다

무어라 해야 할지,
조금 전만 해도 멀쩡했던 그곳을,
흔적 없이 사라지며 단지 구멍으로 남아
부재 아니면 결손이라 부를까

두터워져 가는 떨켜에 묻혀
엽록소의 기억은 가물거리고
잔류의 기약은 바람 앞 촛불 같던 늦가을 녘
'으레 있으려니'의 기승전결 무시한 삭제는
안개만이 드리운 동굴에서 온 존재마저
일순간 기화될 수 있음을 알리는 예고편

볶은 멸치를 씹는 순간 잘게 부수어져
증발해 버린 어금니 한쪽은

깊이를 헤아릴 수 없는 안개 속으로 사라졌다

눈으로 더듬어지지 않는 무형의 그물 속
실종된 시공을 날아가는 길 없는 길
현재와 현실을 가늠케 하는 건
혀끝에 까칠하게 모서리 닿는 어금니의 동굴뿐—
실존 인증해 주는 허탈한 부재 또는 결손

전쟁터의 병사처럼 존재와 부재 사일 늘 응시하며
사는 것의 옳고 그름은 따져 볼 여지가 있지만
살아있는 존재로서의 시그니처로 삼기 위해
어금니 동굴을 보존하겠다는 엉뚱한 다짐을
한 치 앞 보이지 않는 안갯길에서
안개등燈으로 켜놓는 것이었다

갯바위 전설

등 뒤로 병풍처럼 둘러싼 바위에 걸터앉아
막막한 구름 먹먹한 먼지의 성에 갇힌 바다에
오버랩되어 펼쳐지는,
신전의 문 굳게 닫히던,
어느 날의 잿빛 바다를 멍하니 바라본다

돌연 쥐어짜듯 앞가슴 조여오고 메스껍더니
피 묻은 이빨 드러내어 괴성 지르며
입에서 쏟아져 나오는 검붉은 박쥐 떼,
수평선 향해 날아가다 각혈 파편으로 변해
파도 위에 쏟아지던 악몽, 눈 앞에 펼쳐진다

"풍선처럼 소리 없이 커지는 병이 무서운 걸
입으로 터져 나오지 않았다면
결국 폭발한 건 심장이었을 거야."
가슴 쓸어내리며 돌아서는데 파도치는 바다 위로
불쑥 솟아오르는 신비한 빛 - 거울의 포효 :
"허송세월 떠도는
돌뎅이 주제에 자가 발전 여전하군.
심장이 뛰지 않는 화석 된 건 아니고?"

난데없이 자태 드러낸 거울은
신전에 모셔져 있던 '자신의 거울'

구름과 바다 사이 포효는 메아리쳐 맴돌다
파도에 실려 줄기차게 해안선 넘어 밀려오는데
더 이상 물러설 곳 없이 말문이 숨 막힌
냉가슴 타들어 가더니
어느새 온몸 까아맣게 갯바위가 되었다

갈매기 한 마리 하늘 높이 날아오르더니
파도 타고 올라와 갯바위 위 출렁이는 거울에
구름과 바다 사이 얼핏 비치는,
상흔 또렷하나 싱그러운, 옛 심장 그리고 박동
순간 심장충격기로 세례받은 듯 움찔하며
끼룩끼룩 돌뎅이 심장이
따라 뛰기 시작하는 것 같았다

가을은 아름다워라

저세상에 가서
누군가
무엇이 그리우냐 묻는다면,

그 세상 가을은 잊을 수 없노라고,
말로는 다할 수 없노라고,
사랑했던 사람이야 어찌 말로 다 할까만.

회상만으로 눈가 촉촉이 젖어 올,

영원의 징표로 가득 찬 하늘,
걸치지 않은 행복 – 갈바람,
아름다운 행위예술 – 단풍,
내려놓음의 스승 – 낙엽,
깨어있음의 도반 – 귀뚜라미,
열매와 정신 북돋아 주는 햇볕,
신비한 심연으로 인도하는 가을 안개를,

도대체 잊을 수는 없노라고.

저세상에 가면
누군가에게
목이 메어도 그리워 말하리라
'가을은 아름다워라'

놔

놔 놔 제발!
맨팔 서늘해 이불 당기려 해도
누군가 바싹 움켜쥐고 있었네

깨어 보니
내 다리가 돌돌 이불을 말아
온통 다 차지해 깔고 누웠네

얼마나 수많은 가위와 주먹
스스로를 가위눌리게 했나

자신을 망치는 건
8할이 자기 자신

움켜쥔 주먹 속 텅 비었으니
매듭 없는 보 활짝 펼쳐야 하네

놔 놔 얼릉!

가을 이미 깊은 줄을

미처 알지 못하였네
가을 이미 깊은 줄을

나뭇잎 불그스레 가을물 들고
풀섶엔 가을 자리 지나온 고엽

우수수 날리는 잎새에 놀란 눈 바라보다
날아가는 참새떼에 안도의 한숨 내쉬네

가보고서야 알았네
가을 이미 깊은 줄을

돌아서서야 보았네
가을 이미 깊은 나를

인생에게 든다

벚꽃 보듯 나를 보아라
그냥 좋지 않더냐
입 절로 헤 벌어지지 않더냐

벚꽃 읽듯 나를 읽어라
그리 복잡하더냐
꽃 보며 어느 누가 분석하더냐

벚꽃 피듯 살아라
저냥 살지 않더냐
땅처럼 하늘처럼 피지 않더냐

벚꽃 지듯 지어라
해탈이 따로 있더냐
그냥 피고 저냥 지어라

배낭

짊어진 배낭 망사에 얽혀
좀처럼 빠지지 않는
점퍼 주머니 지퍼

벗에게 도움 청하니
배낭을 벗으라 한다

아뿔싸 이런 묘수가 있거늘

왜 그리 헤매었을까?
벗으면 되는 길을

큰금계국꽃 시절

땡볕의 계절 어느새 다가와
들판 가득 메웠던 큰금계국,
노란 꽃잎들 자취 감추고
흑갈색 시든 꽃대만 남아
바랜 시절 아쉬움 달래는데

불현듯 떠오르는 오늘 아침
그대의 감사하단 메시지에
시든 꽃대 푸른 잎 살아나고
노오란 꽃잎 영롱하게 피어나
온 들판에 꽃물결 넘실거리오

가슴 속 꽃이 꽃을 피우나니
그대만의 정원 우리의 정원에
아름다운 꽃 흐드러지게 피우길
소망하며 그대에게 드릴 꽃은
"나 역시 늘 언제나 감사하오."

가을의 창

가을은 파리한 무대막 내리고
겨울은 저만치 손짓하는 날,
계절은 가던 길 멈추어 서성이는데

쓸쓸함마저 떨어낸 나목은 묵묵히 서 있건만
가을을 훌쩍 떠나보내지 못하고
미련의 나뭇잎 하나 헐벗은 가지에 걸친다

명승지 계곡엔 드문드문 사람들 오가는데
가슴 속 간간이 떠오르는 얼굴들이
아리송한 향기로 안개에 젖어 있다

이제 와서 돌이키면 무엇하나
기억의 숲 헤치면 후회의 잡초 무성커늘
삐져나오지 못하게 가슴 깊이 눌러두려다가

오솔길 한가운데
아름다운 사람 고운 만남만 비추는
에메랄드빛 창문을 내어
추억 한 포기씩 유리창에 띄울까나

석양 맞는 영월루迎月樓

여주강驪州江 영월루迎月樓에 석양이 떨어지니
달 품는 영월루가 영일루迎日樓 되었구나

한양길 올랐다면 꿈도 못 꿀 장관이
그대가 찾아 주어 두 눈앞 펼쳐지네

하늘의 보검이 제 칼집 찾아가듯
불러 헤매던 님 격렬히 포옹하듯
애끓는 석양이 영월루와 몸을 섞네

달구어 여울진 정 풀어 헤치다 못해
하늘 위로 강 밑으로 핏빛 단심丹心 흩뿌리니
노을빛이 그대와 나 살은 세월 닮았구나

벌리

봄꽃 필대로 피어난 4월에
온 누리 적실대로 적시는 봄비에
여물어 가는 어린잎 가지에
온갖 새들 지저귀어 짝짓는 강변에

물오른 고라니 한 쌍
풀숲에 요망을 떨다
불청객 풀 밟는 소리에
소스라쳐 줄행랑치는 날

물방울 방울방울 함초롬한 벚꽃잎
사이로 다소곳이 눈길 끄는 꽃자리
빈자리에 피눈물 붉게 번지나니
짝짓는 호시절에 애달픈 품 어쩌리오

오늘 쏘주

순대 안주 쏘주 한잔은
지난달도 작년에도
먹고 마시던 안주와 술이지만

오늘 순대 오늘 쏘주는
얄궂은 유행가에 얼싸안겨
웃음 한 점, 눈물 한 방울 배어나고

들꽃 벌판 구름 하늘은
그저께도 지난주도
걷고 바라본 꽃과 하늘이지만

오늘 들꽃 오늘 하늘은
천상의 꿈결 같아
신음 한 숨, 행복 한 줌 건네더니

핏줄 따라 타고 도는 오늘 쏘주는

"하늘 아래 들꽃으로
가슴 열어 활짝 피라." 노래하네

무지개

비와 가슴 이어주는 무지개는
비가 떠나며 남기고 간 메시지

다채로운 색으로 삶을 그리다
아름다운 무지개 남기라 하네

'생텍'의 살아있는 선택(생택生擇)

비행飛行은 생텍쥐페리의 마지막 선택.

'마지막'은 결과일 뿐,
그에겐 단지 또 하나의 발걸음.

그 한 발짝이
절망으로부터 살려낼지
마침표일지 어둠에 잠겼지만

모를 리 없는 그는
대지와 대지 잇는 비행기에 의지 가득 채우고
가족과 이웃, 국가와 국민, 인류의 이름 새긴
책임의 신전 향해 주저없이 날아갔다

그리고 사라졌다

그의 마지막 목적지가,
숭고한 책임인지 깨끗한 하늘인지,
지중해의 포말에 깨끗이 묻혔으나,
'생텍'의 살아있는 선택은 아마도
살아있는 인간이었으리라.

오늘도 사막엔 별이 뜨고 바람 불어
어린 왕자는 장미꽃 정원을 뛰어놀 것이다

면도하는 법

예전엔,
한쪽으로 면도하는 법밖엔 몰랐어,
수염이 눕는 방향으로.
까칠한 감촉이 어느 정도 남더군,
별 탈 없긴 하지만.

근래에,
역방향으로 면도하는 법 새로 배웠어,
털 눕는 반대 방향으로.
깔끔하게 깎여 감촉이 좋더군,
신중해야 하지만.

요즘엔,
목에서 턱 지나 뺨 쪽으로 수염을 깎아,
부위에 맞는 방향으로.
면도 하나 제대로 하기 쉽지 않더군,
깨어있지 않으면.

강변 착시

북한강 변,
양수리에서 청평 쪽으로 흐르는 물결 보며
원래 물길 방향인 줄 또 깜빡했다

창가에서
창에 비치는 번쩍 드는 내 오른팔이
진짜 오른팔인 줄 잠시 믿었다

강물 따라
세월이 흐르는 줄 알았더니
쉼 없이 흐르는 건 바로 나였다

흘러가다
착시의 각막 허물 또 벗으며
바다 닿기 전 탁 트일 수 있다면

가울비

11월이 가는 날, 가을이 간다

가는 가을 서러워 가을이 우는 비

가울비가 내린다

11월이 가는 날, 겨울이 온다

가는 가을 아쉬워 겨울이 우는 비

겨울비가 내린다

혼 자선

혼자선 못 살리

혼魂 자선 못쓰리

살아도 못쓰리

혼魂이여 일어나셨나

미운 오리 새끼

물 위의 어린 백조,
털 색깔이 다르다 오리들이 놀린들,
털끝도 두렵지 않듯,

길 위의 어린 길손,
가는 길이 다르다 사람들이 놀린들,
가던 길 거리낌 없네.

미운 오리 새끼 안에는,
무르익어 찬란한 백합으로 피어날,
백조가 숨어 있듯,

깨어있는 길손 안에는,
무르익어 고귀한 연꽃으로 피어날,
부처 숨 쉬고 있네.

시베리아의 봄

시베리아의 계절은 겨울뿐이란 믿음은
깊은 속 모르고 하는 착각이지

시베리아에도 봄은 움트고
30도를 오르내리는 여름도 있고
생각보다 꽤 많은 사람들이 살며
해왕성 명왕성에 비하면 늘 봄이라네

얼음꽃 무성한 한겨울이라도
깊이 들여다보면 봄 여름이 오간다네

그런데
그런데 말이야
꽁꽁 얼어붙은 가슴엔
봄소식 영영 끊긴
아무도 살지 않는 겨울만 이어진다네

텅 빈 코스모스 꽃밭에서

바람도 얼굴도 차다
강물도 마음도 시리다

꽃밭 가득한 코스모스,
둘러싼 수많은 사람들,
지나간 가을에 머물러 있다,

코스모스와 사람들의 환영幻影 스치다,
돌연 폐허 장면으로 바뀌는 영화처럼,
당혹스레 다가오는 텅 빈 황토밭.

으레 그러려니 하면서도
익숙해지지 않는 것

내쉰 한숨 내처 깊이 아랫배 차도록
차가운 강바람 들이마신다

시린 강물 서로 꼬옥 껴안아
푸릇한 거울 되니
품에 안겨 드리우는 강변 나뭇가지

시린 마음 스스로 꼬옥 껴안아
무릇한 거울 되니
품에 안겨 드리우는 대지와 하늘

소나무의 길

늘 푸른 소나무 유심히 살펴보매
푸른 잎 사이사이 누렇게 물들고
잔디밭 낙화한 두 갈래 낙엽들 쌓여

울긋불긋 활엽수 마냥, 남몰래
단풍 들고 낙엽 지고 있었다

단풍 들면 드는 대로
아까운 새끼, 낙엽 지면 지는 대로
계절의 물살에 무심한 듯 흐르지만

결기의 날 세우며
가지에 남은 새끼, 푸른 솔잎 부둥켜안은 채

눈보라 견뎌
새봄 새잎 씽씽 피워 낼
흔들리지 않는 길을 소나무는 가고 있었다

돌아보며 가는 길

뒤를 좀 돌아봐

앞길 가기도 바쁘다고?

지나온 길이 갈 길의 전조등인 걸

태양 아래 간판만 바뀐 사건 돌고 돌아

배우와 세트가 바뀌어도 '토지'는 '토지'야

매번 백지에서 도돌이표했다면 인류는 없어

과거의 눈 부릅뜨면 지난 역정 생생히 되살아나

안장에는 경험, 고삐 끈엔 예지 얹은 말 타고 가는

그 길은 거의 가 본 적 없는,

너와 내가 가야 할 길

지레짐작

한가로이 강변을 거닐며
잔잔한 강 물결
사진이나 찍는다고
물밑 마음의 물결 또한
잔잔할 거라
지레짐작하신다면

강물 위에 떠 있는 물오리
물밑 물갈퀴가
물살이나 즐기고 있다는
한가로운 생각인지요

소음 소음

커피 그라인더는 신비한 마磨악기
원두 가는 음향에서
은은한 커피 향 흘러나오니

잠시 후 맛볼 커피 기다리는 막간
설렘이 슬쩍 걸어 올리는 미소
소리에서 묻어 나오는 삽사름한 커피 맛

만약에 곡식을 가는 기계라면
같은 소리라도 스멀스멀 싹텄을 거슬림
소笑·소음騷音은 변덕이 정하는 것이라니

다른 일 하는 척 딴청 부리지만
기다림 속 커피 가는 소리는
꽃 미소 피워 내는 상상 요정이라네

잔소리

나운터횟집 싱싱한 회와 반찬은 일품이었다
그릇마다 바닥 드러내고 술잔 쉽게 비워졌으니
맑은 맛 21도 한라산소주와는 천생연분이라

택시 타고 숙소 도착하자 짝은 물었다
핸드폰 잘 있냐는 뜬금없는 잔소리

휑뎅그렁한 점퍼 오른쪽 주머니
하얗게 질려 휑해지는 머릿속
시와 사진! 그리고 운전면허증!

짝은 침착하게 횟집에 전화했으나
핸드폰 없었고 짝은 내게 또 물었다
택시 영수증 받았냐고
아뿔싸~ 고갤 저을 밖에

성가시기만 한 택시 영수증은
연락처로 요긴하게 쓰일 터였다

빠꼼이 손으로 어디론가 전화하는 짝
꿈인 듯 나의 핸드폰 팡파르 울리고
천상의 옥음으로 복음 울려 퍼져
이십여 분 지나자 왕림하는 택시
구세주 기사님이시여!

망각의 커튼 열리며 보름달처럼 떠올랐다,
계산하느라 시트에 핸드폰 내려놓던 치매 손.

성가신 적 한두 번이랴만,
아니었으면 어둠 속 헤매었을 핸드폰 구원한,
성스러운 잔소리!

어둑한 바닷가 뒤안길,
넘치는 칠칠, 못 미치는 칠칠 손잡고 거닐며,
77+ + 77- = 77, 딱 떨어지는
칠칠맞은 짝꿍이니 천생연분이라,
억지 셈법 우긴들 죄 되는 건 아니리라

도미는 없다

대포항 입구 횟집
도미는 싯가라 적혀 있어
얼마냐 물으니
비싸다며 말을 흐리는 여주인

아내가 속삭였다
식당 수족관을 들여다봤냐고
도미는 애저녁에 없다고

오호라
없는 도미를 줄 수는 없는 거다
없는 도미를 먹을 순 없는 거다

있지도 않은데 있는 척하는 건
있지도 않은데 구하려 하는 건
애저녁에 얼마나 부질없는 일인가

인제대교

가슴 깊이 누빈 매혹 되새기며
설레는 그리움으로 다시 찾는 인제대교

쭉 뻗은 다리 아래 은하수 흐르고
병아리 떼 와글와글 단풍 꽤나 소란스런 가을 산에
산고랑 위로 하늘 줄 타고 오르는 안개구름에
팝콘 터지는 그대의 탄성이 뒤범벅되어
함께 살아 온 세월 통째로 축복받았거늘

오늘은 이다지도 우중충한 하늘 아래
먼 산 단풍은 시간의 재로 사위어 가고
소양강 물길은 흐르는 법을 잊었으니
아니 이 다리가 진정
며칠 전 건넜던 그 대교란 말인가

헐벗은 꼬리 감추어 가는 가을 막바지라 한들
추정秋情에 함께 젖던 옆자리 비었다 하여
풀어헤친 두루마리 화장지마냥
물줄기 숨마저 멎을 줄 인제 와 알았노라

내복을 다시 입으며

비 좀 온다고 봄은 아닌지라
꽃샘추위에 내복 다시 꺼내 입네

서둘러 속옷 벗은 뜻은
강고한 겨울을 벗기 위함이지
겨울의 의미 깎아내린 건 아니라네

움츠린 봄의 도래 되살리어
몇 번이고 꽃샘추위 닥칠지언정
언 땅은 녹아 꽃과 나비 움터 오나니

계절의 접경 선에서
남풍 불듯 우린 건너야 하리

낮매 밤귀의 계절

낮여 밤가, 낮매 밤귀의 계절!

여름 땡볕 내리쬐는 낮에,
현세現世를 목 터져라 열창하는 매미.
가을바람 불어오는 밤엔,
삼세三世를 조근조근 읊조리는 귀뚜라미.

깊은 산에 들어와 살면서,
언제 가장 행복했냐 물었더니,
'지금'이라 단칼 짓던,
어느 자연인 철학자.

분홍 능소화 마당에 핀 카페에서
매미 소리 라임 삼아 시를 쓰며
자연인 철학자의 심경 모사 해 본다
"여기 지금 더 이상 무엇을 바라랴."

밤이 오면 귀뚜라미 시 낭송의 꽃밭,
삼세의 대우주 한복판에 정좌하고,
거룩하고 위대한 작업 몰두하리라,
한 땀 한 땀 숨 들이쉬고 내쉬는 일을.

두 번째 시집은 내게

시를 쓰기 시작한 지 1년 만에 시 사진집 『귀 열리는 새벽』이 출간되고 3년이 지나 두 번째 시집 『구름 고운 날에는』을 내놓습니다. 처음에는 멋모르고 닥치는 대로 시를 써서 없던 정열이 어디서 솟는지 의아할 정도로 다작을 하였습니다. 힘이 조금 빠졌는지 아니면 시대 탓인지 시 쓰기가 한결 어려워졌습니다. 현실적인 난제가 산적한 마당에 시를 쓰고 시집을 낸다는 것은 '그럼에도 불구하고'의 정신과 마음 다잡기가 요구됩니다.

눈비가 온다고 생활을 접고, 태풍이 분다고 삶을 멈출 수 없는 것과 마찬가지입니다.

걸을수록 반드시 목표에 가까워지는 건 아니지만, 길의 의미를 곱씹으며 길 위의 생활과 삶을 담은 소박한 시의 소쿠리를 또 한 번 내놓습니다.

시집 출판의 용기를 북돋워 주신 귀인 덕분에 『구름 고운 날에는』이 세상을 보게 되었습니다. 함께 흘러가는 강물에 귀뚜라미 울음만큼이나마 노래가 되었으면 하는 바람을 품어 봅니다. 다시 한번 육감, 영감이 제대로 열려 있는지 점검해 보는 계기로 삼고자 합니다.

삶의 정처定處가 되어주는 아내와 세 아이들, 오늘의 저를 있게 해주신 부모님께 특별한 마음을 전합니다.

열정과 노고를 아끼지 않으시고 졸저를 멋진 책으로 꾸며 주신 김회란 본부장님, 정두철 편집장님, 류휘석 님, 북디자이너 김영주 님께 감사드립니다.

2022. 9
詩月 김우현